Ein Fall für

Kwiatkowski

Ausgezeichnet mit dem

Hansjörg-Martin-Preis

Kinder- und Jugendkrimipreis
der Autoren

Jürgen Banscherus,

in Remscheid geboren, wollte eigentlich Pianist werden. Doch inzwischen schreibt er sehr erfolgreiche Kinder- und Jugendbücher und ist gar nicht traurig, dass das mit dem Klavierspielen nicht geklappt hat. Jürgen Banscherus hat zwei erwachsene Kinder und lebt mit seiner Frau im Ruhrgebiet. Die Serie „Ein Fall für Kwiatkowski“ wurde bisher in 22 Sprachen übersetzt, unter anderem ins Chinesische, Hebräische und sogar in Blindenschrift. 2010 wurde Jürgen Banscherus mit dem Annette-von-Droste-Hülshoff-Preis ausgezeichnet. www.juergen-banscherus.de

Ralf Butschkow,

1962 in Berlin geboren, wollte eigentlich Detektiv werden. Er trinkt genauso gerne Milch wie Kwiatkowski, aber leider mag er keine Kaugummis. Deshalb hat er sich für ein Grafikstudium entschieden. Dann arbeitete er ein paar Jahre in Werbeagenturen und ist heute als Kinderbuchillustrator für verschiedene Verlage tätig. Er lebt mit seinen zwei Kindern in Berlin.

Arena

Jürgen Banscherus

Ein Fall für Kwiatkowski

Das rosarote Schulgespenst

Mit Bildern von Ralf Butschkow

Ein Verlag in der Westermann Gruppe

MIX
Papier aus verantwortungsvollen Quellen
FSC® C110508

1. Auflage mit neuer Reihengestaltung 2022

Rottendorfer Straße 16, 97074 Würzburg
Dieser Band ist erstmals 2005 erschienen.

Einband und Illustrationen: Ralf Butschkow
Umschlaggestaltung: Thomas Janzen
Gesamtherstellung: Westermann Druck Zwickau GmbH
Gedruckt in Deutschland
ISBN 978-3-401-60665-1

Besuche den Arena Verlag im Netz:
www.arena-verlag.de

Die meisten großen Detektive waren keine guten Schüler. Nun bin ich zwar nicht so berühmt wie Sherlock Holmes oder Kalle Blomquist, aber ein schlechter Schüler bin ich auch. Damit ein Privatdetektiv wie ich sich nicht zu Tode langweilt, braucht er spannende Abenteuer, gefährliche Verfolgungsjagden und finstere Geheimnisse.

Doch was bietet mir die Schule? Groß- und Kleinschreibung, Malnehmen und Teilen, das Leben der Frösche, gesunde Ernährung und ähnlich aufregende Dinge. Da darf sich niemand wundern, dass ich Morgen für Morgen in Tiefschlaf verfalle und nur aufwache, wenn es zur Pause klingelt.

Warum besprechen wir im Deutschunterricht keine echten Erpresserbriefe? Warum dürfen wir in Mathe nicht ausrechnen, was ein Tag im Gefängnis kostet oder ein Polizeieinsatz bei einem Bankraub?

In solchen Stunden würde ich garantiert nicht einschlafen – und die meisten meiner Klassenkameraden auch nicht.

Meine Mutter sagt, für mich sei die ganze Welt ein einziger großer Kriminalfall. Da sei es doch prima, dass es wenigstens in der Schule nicht um Raub, Diebstahl und Betrug ginge.

Die meisten Menschen wollten schließlich nicht Privatdetektiv werden, sondern Krankenschwester, Busfahrer oder Steuerberater. Und diese Leute müssten halt was Vernünftiges lernen. Erwachsene scheinen immer zu wissen, was vernünftig ist. Dabei braucht man bloß die Zeitung aufzuschlagen, um zu sehen, wie unvernünftig sie sind.

Warum ich von der Schule erzähle? Ganz einfach, mein neuester Fall spielte dort.

Inzwischen dürfte sich herumgesprochen haben, dass ich süchtig nach Kaugummis bin. Meine bevorzugte Marke heißt „Carpenter's Chewing Gum*“. Die wunderbaren

* Englisch, sprich: Karpenters Tschuing Gamm

Dinger gibt es nur im Kiosk meiner besten Freundin Olga. Für das Geld, das ich in den vergangenen Jahren bei ihr gelassen habe, könnte ich mir glatt ein Mountainbike kaufen – mit siebenundzwanzig Gängen, genialen Bremsen und Vollfederung.

Bei einem meiner letzten Besuche am Kiosk traf ich den Kommissar.

Der Hausmeister unserer Schule heißt eigentlich Komissarek. Aber bis hinauf zum Rektor nennen ihn alle nur „Kommissar“. Kein Wunder, bei dem Namen. Er ist der netteste Hausmeister der Welt, ach was, wahrscheinlich des ganzen Universums. Egal, welchen Unsinn wir anstellen, ihn bringt nichts aus der Ruhe – wenigstens dachte ich das bis vor ein paar Wochen. „Ich bin auch mal Kind gewesen“, sagt er bloß und lacht. Doch an diesem Tag war der Kommissar anders als sonst.

Obwohl ich hinter seinem gewaltigen

Rücken stand und sein Gesicht nicht sehen konnte, wirkte er irgendwie nervös. Auch Olga schien das zu merken. Als sie ihm zwei dicke Zigarren mit Bauchbinde auf den Verkaufstresen legte, fragte sie: „Was ist los? Gibt's Probleme in der Schule?"

Der Kommissar beugte sich vor und flüsterte so leise, dass ich es kaum verstehen konnte: „Es spukt!“

„Wo?“, fragte Olga.

„Na, in der Schule.“

„Seit wann?“, fragte meine Freundin weiter.

„Seit zwei Tagen. Und immer zwischen 22 Uhr und Mitternacht“, antwortete der Kommissar.

Olga steckte sich eine Zigarette in den Mund, zündete sie aber nicht an. Seit sie nicht mehr raucht, kaut sie auf diese Weise pro Tag an die zwanzig Glimmstängel kaputt. Mama meint, es wäre gar nicht schlecht, wenn das mehr Leute täten.

„Woran merkst du, dass es spukt?“,

fragte Olga. Donnerwetter, die Dame verhörte unseren Hausmeister, als ob sie nie was anderes getan hätte!

„Ich sehe Schatten. Unheimliche Schatten."

„Und hörst du auch was?"

Der Kommissar schüttelte den Kopf.

„Warum schaust du nicht einfach nach, was es ist?", wollte Olga wissen.

„Ich bin doch nicht lebensmüde!", regte sich unser Hausmeister auf. „Was ist, wenn da wirklich Gespenster . . ."

Olga unterbrach ihn. „Es gibt keine Gespenster", sagte sie energisch. „Und Schulgespenster schon gar nicht."

In diesem Augenblick entdeckte sie mich. „Hallo, mein Engel", rief sie.

Schon hundert Mal hatte ich ihr verboten, mich so zu nennen, wenn andere Leute dabei waren. Es war ihr einfach nicht abzugewöhnen!

„Wie viele Päckchen brauchst du heute?“, fragte sie.

Mein Taschengeld war fast alle, das Geld reichte gerade noch für eins.

Olga legte mir ein Päckchen auf die Theke und ließ meinen letzten Euro in ihrer Kasse verschwinden. Dann wandte sie sich wieder an den Kommissar: „Nimm Kwiatkowski! Er ist der beste."

„Der beste was?", fragte unser Hausmeister.

Olga ließ ihre Zigarette von einem Mundwinkel in den anderen wandern. „Der beste Privatdetektiv", sagte sie. „Wenn einer rausfinden kann, wer in deiner Schule spukt, ist er es."

Der Kommissar schaute mich aus seiner Höhe von knapp zwei Metern nachdenklich an. Natürlich wusste er, dass ich als Privatdetektiv arbeite, das weiß jeder in unserem Viertel. Aber wahrscheinlich glaubte er wie die meisten Erwachsenen, dass ich mich nur um gestohlene Hunde, geklaute Jacken oder verschwundene Kaugummis kümmerte.

Schließlich rückte er seine Brille zurecht und fragte: „Hast du schon mal mit Gespenstern zu tun gehabt?“

„Klar.“

„Und? Was hast du mit ihnen gemacht?“

Ich musste an die Meerschweinchen im Fall des blauen Karussells denken. Die hatte ich am Anfang auch mit bösen Geistern verwechselt. „Es waren keine“, antwortete ich. „Echte Gespenster gibt’s nicht.“

Wieder dachte der Kommissar nach.
Schon komisch, dass solch ein riesiger
Kerl Angst vor ein paar Schatten hatte.

„Also gut“, sagte er dann. „Was kostet es, wenn du den Fall übernimmst?“

„Fünf Päckchen Carpenter's“, antwortete ich.

„Und wenn du nicht rausfindest, wer in meiner Schule spukt?“

„Ich werde den Fall lösen“, sagte ich. Anders als unser Hausmeister hatte ich keine Angst vor angeblichen Gespenstern. Was also sollte bei den Ermittlungen schiefgehen?!

Der Kommissar streckte mir die Hand hin. „In Ordnung“, sagte er. „Du bekommst deine fünf Päckchen. Und wie geht es jetzt weiter?“

„Sind Sie heute Abend zu Hause?“, fragte ich.

Er nickte.

„Ich bin um halb zehn bei Ihnen.“

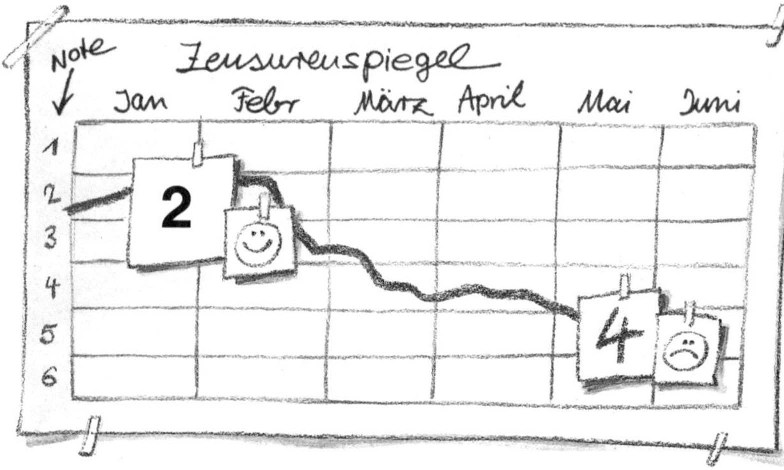

In den letzten Wochen vor der Geschichte mit den Schulgespenstern hatte meine Mutter weder Spätdienst noch Nachtwache gehabt. Weil ich vor lauter Ermittlungen keine Zeit zum Lernen gehabt hatte, waren meine Noten ein bisschen in den Keller gerutscht. Das hatte Mama natürlich keine Ruhe gelassen. Also hatte sie ihren Dienst im Krankenhaus so legen lassen, dass sie mich bei meinen Hausaufgaben beaufsichtigen konnte.

Doch in dieser Woche war eine andere Krankenschwester in Urlaub gefahren und meine Mutter musste sie bei der Nachtwache vertreten. Das war ausgesprochen praktisch. So hatte ich jede Menge Zeit, den Spuk in unserer Schule aufzuklären.

Um Viertel nach neun kam Mama in mein Zimmer. Ich lag auf dem Bett, hörte die Rolling Stones und las in einem Buch über berühmte Kriminalfälle, das ich aus der Stadtbücherei hatte.

Meine Mutter gab mir einen Kuss. „Bis morgen“, sagte sie. „Schlaf gut.“

„Bis morgen, Mama.“

„Machst du für uns beide Frühstück?“

„Mach ich.“

„Für mich bitte ein Ei und Milchkaffee.“

„Auch das, Mama.“

Bevor sie ging, schaute sie mir tief in die Augen. Das tut sie immer, wenn sie glaubt, dass ich ihr etwas Wichtiges verschweige. „Hast du einen neuen Fall?“, fragte sie.

Ich nickte. „Irgendwas mit Gespenstern.“

Sie lachte. „Na, wenigstens nichts Kriminelles.“ Wenig später hörte ich die Wohnungstür ins Schloss fallen.

Ich zählte bis zwanzig, dann sprang ich aus dem Bett. In meinem Schrank hatte ich schon bereitgelegt, was ein Detektiv für seine nächtlichen Ermittlungen so alles braucht: eine Stabtaschenlampe, einen warmen Pullover, ein Bund mit selbst gebastelten Dietrichen jeder Größe und fürs Warten eine Flasche Milch.

Hinzu kam das Päckchen Carpenter's, das ich bei Olga gekauft hatte. Ohne meine Kaugummis würde ich nicht mal versuchen, eine Pampers wiederzufinden.

Ich verstaute alles in den siebzehn Taschen meiner neuen Weste und machte mich auf den Weg. Schon komisch, dieser Auftrag. Der Kommissar war fast zwei Meter groß und breit wie ein Kleiderschrank. Der Mensch trug ein Klavier durch die Schule, als ob es ein Kasten Sprudel wäre. Und so einer hatte Angst vor Gespenstern?

Die Glocken der Kirche schlugen halb zehn, als ich beim Kommissar klingelte. Sofort war er an der Tür. „Komm rein, Kwiatkowski", sagte er freundlich.

Ich schüttelte den Kopf. „Sie müssen mich einschließen."

Sein Gesicht verwandelte sich in ein einziges großes Fragezeichen. „Ei-ei-einschließen?", stotterte er. „Wo?"

Erwachsene haben manchmal eine erschreckend lange Leitung. „Wo wohl?", fragte ich. „In der Schule! Ich soll doch rauskriegen, wer die Gespenster sind! Nach Mitternacht lassen Sie mich wieder raus."

„A-a-ach so", stotterte er und nahm ein Schlüsselbund vom Haken neben der Tür. „Aber ist das nicht viel zu gefährlich? Gespenster . . ."

„Es gibt keine Gespenster", unterbrach ich ihn.

Der Kommissar zögerte immer noch. „Wenn dir was passiert, bin ich dran“, sagte er. „Dann bin ich die längste Zeit Hausmeister gewesen!“

Ich legte ihm die Hand auf den Arm. „Was soll schon passieren“, beruhigte ich ihn. „Das Ganze ist garantiert nur ein Scherz.“

Brummelnd ging der Kommissar mir voraus über den Schulhof und schloss das Eingangsportal auf. Bevor er es hinter mir verschloss, sagte er: „Schrei, wenn du mich brauchst, hörst du? Schrei, so laut du kannst. Dann komme ich und helfe dir. Großes Ehrenwort!“

Ich grinste, sagte aber nichts. Ein Mensch, der solche Angst vor Gespenstern hatte, wollte mir helfen?

Nachts verändert sich alles. Straßen sehen plötzlich anders aus, Parks bekommen ein neues Gesicht, Häuser verwandeln sich in unheimliche Verliese. Bisher hatte ich geglaubt, dass ich mich in den Fluren und Klassenzimmern unserer Schule mit geschlossenen Augen zurechtfinden könnte. Doch in dem fahlen Licht, das von den Straßenlaternen hereinfiel, fühlte ich mich auf einmal wie auf einem fremden Stern. Ich stieß gegen Wände, stolperte über Treppen und fiel schließlich über eine Tasche, die vom Morgen stehen geblieben war.

Und ich fürchtete mich. Von wegen: Gespenster gibt es nicht! Jetzt, wo ich mich in eine Ecke in der Nähe des

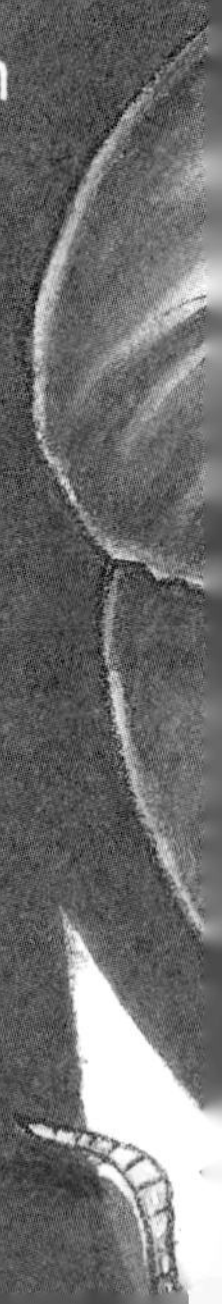

Lehrerzimmers drückte, hätte ich mich nicht gewundert, wenn sich die Schule im nächsten Moment mit Geistern, Vampiren und Werwölfen gefüllt hätte.

Also tat ich in meiner Angst, was ich eigentlich hatte vermeiden wollen: Ich knipste meine Taschenlampe an.

Sofort fühlte ich mich besser. Konnte schon sein, dass ich mit meiner Aktion die Gespenster oder was auch immer im Gebäude herumgeisterte, vertrieben hatte. Aber das war mir jetzt egal. Hauptsache, die Angst verschwand aus meinen Gliedern und ich traute mich wieder aus der Deckung.

Bei meinem Gang durch das zweistöckige Haus fand ich vier Sektflaschen auf dem Lehrerklo und eine tote Maus im Klassenraum der 2a.

Und noch etwas entdeckte ich: Die Tür des Fahrradkellers stand offen. Jeder hätte auf diesem Weg bequem und unbemerkt in die Schule eindringen können.

Das sagte ich auch zum Kommissar, als er kurz nach Mitternacht das Eingangsportal aufschloss und mich herausließ.

Doch der zuckte bloß mit den Schultern. „Kann passieren“, murmelte er und fragte dann: „Hast du was rausgekriegt?“

Ich schüttelte den Kopf.

„Ich hab dich mit der Taschenlampe durchs Haus wandern sehen“, sagte der Kommissar und gähnte. „Wahrscheinlich hast du sie vertrieben.“

„Wahrscheinlich“, stimmte ich zu.

„Aber ich kann doch nicht jede Nacht in der Schule das Licht brennen lassen“, überlegte unser Hausmeister. „Was das kostet!“

Während wir sprachen, hatte sich eine Wolke vor den Mond geschoben, und es war noch finsterer geworden.

„Ich bringe dich nach Hause“, sagte der Kommissar.

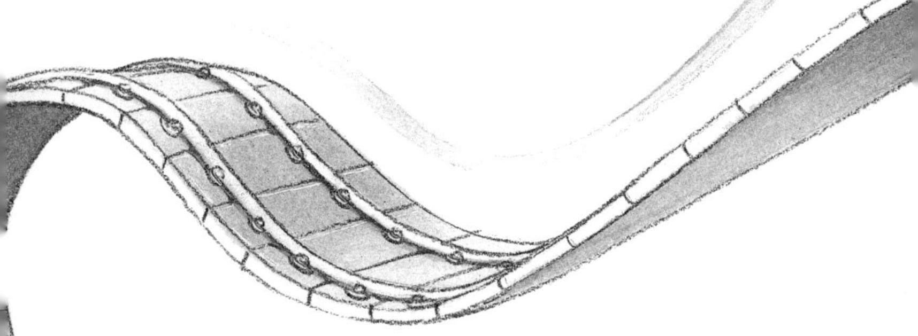

„Zu Fuß bin ich schneller“, sagte ich und: „Morgen Nacht schließen Sie mich wieder ein, ja?“

Er tätschelte mir mit seiner klodeckelgroßen

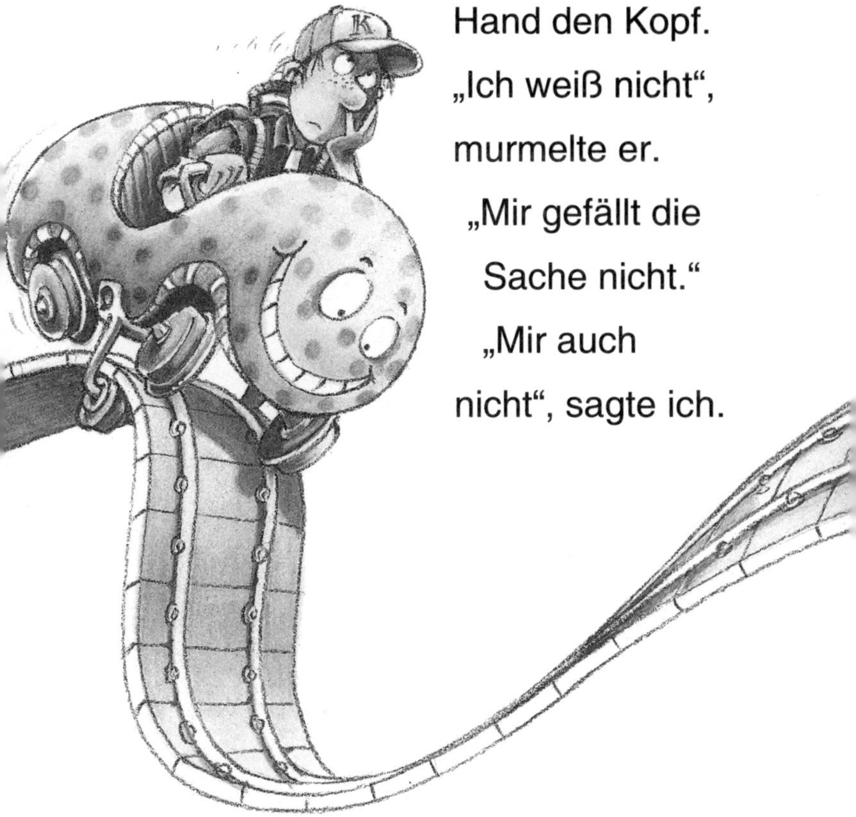

Hand den Kopf.
„Ich weiß nicht“, murmelte er.

„Mir gefällt die Sache nicht.“

„Mir auch nicht“, sagte ich.

Auf dem Nachhauseweg fuhren meine Gedanken Achterbahn. Hatte der Kommissar bloß vergessen, die Tür des Fahrradkellers abzuschließen?

Oder steckte was anderes dahinter? Wollte mich vielleicht mal wieder jemand auf die falsche Fährte locken?

Bevor ich in dieser Nacht einschlief, nahm ich mir vor, am nächsten Abend die Taschenlampe im Rucksack zu lassen, selbst wenn es in der Schule von Monstern und Gespenstern ohne Kopf wimmeln sollte.

10 Stunden Schlaf
– 3 Stunden
= hundemüde!

Am Morgen war ich nach nur sieben Stunden Schlaf hundemüde. Ich kam erst richtig zu mir, als Herr Konzelmann uns in der zweiten Stunde die Deutscharbeiten zurückgab. Unter meiner stand ein fettes „Gerade noch ausreichend“. Die letzte Arbeit war „mangelhaft“ gewesen, offenbar machten sich Mamas Kontrollen schon bezahlt.

Aber unser Klassenlehrer schien das ein bisschen anders zu sehen. „Ich würde gern mit deiner Mutter sprechen“, sagte er mit ernstem Gesicht. Eigentlich ist das nichts Besonderes, eigentlich schaut er immer so – sogar wenn man eine Eins geschrieben hat.

„Warum?“

„Das fragst du?“, rief er. „Du könntest ein hervorragender Schüler sein und schreibst eine Vier nach der anderen!“

„Na ja . . .“, begann ich und wollte ihm erklären, dass die meisten berühmten Detektive keine guten Schüler gewesen waren.

Doch Herr Konzelmann ließ mich nicht zu Wort kommen. „Sag deiner Mutter, sie soll mich anrufen“, knurrte er. „Am besten gleich morgen in der ersten, großen Pause.“

Auf dem Nachhauseweg ging ich bei Olga vorbei. Sie hockte in ihrem Kiosk und aß eine nach Knoblauch riechende Suppe. „Willst du auch was?“, fragte sie.

Ich schüttelte den Kopf. Suppe mit Knoblauch würde ich allenfalls kurz vor dem Hungertod essen.

„Und was ist mit einer Limo?“, fragte sie weiter.

„Aber immer, Olga.“

Sie stellte ein Glas Fanta vor mich hin und ihren Teller auf die kleine Spüle in einem Winkel ihres Kiosks. „Erzähl schon“, sagte sie dann.

„Ich hab ’ne Vier minus in Deutsch“, sagte ich.

Sie boxte mir in die Rippen, dass ich für einen Augenblick nach Luft schnappen musste. „Das meine ich doch nicht!“, rief sie. „Deine Noten sind mir piepegal. Was ist mit den Gespenstern?“

Ich berichtete ihr, was ich in der vergangenen Nacht erlebt hatte. Olga kann so gut zuhören wie niemand sonst auf der Welt. Es ist ein echtes Vergnügen, mit ihr zu reden.

„Da ist was faul“, sagte sie, als ich schwieg.

So weit war ich auch schon. „Und was?“, wollte ich wissen.

Sie rieb sich nachdenklich die Nasenspitze. „Ich habe das Gefühl, der Kommissar hat ein Geheimnis.“

„Du sagst es“, stimmte ich ihr zu. „Nur welches?“

„Keine Ahnung, Kwiatkowski“, antwortete sie. „Jedenfalls solltest du nächste Nacht ein Auge auf den Herrn haben.“

Zu Hause war alles halb so schlimm. Als Mama beim Mittagessen die Vier minus unter meiner Arbeit sah, seufzte sie nur. Und als ich ihr ausrichtete, dass sie Herrn Konzelmann anrufen solle, brachte sie das ebenfalls nicht aus der Ruhe. Komisch, sonst schien es für sie kaum etwas Wichtigeres als meine Noten zu geben.

„Hast du was?“, fragte ich verwundert.

Sie nahm mich in die Arme. „Letzte Nacht ist im Krankenhaus ein kleines Mädchen gestorben“, sagte sie leise. „Das ist schlimm, weißt du, ganz schlimm. Dagegen ist ein Ausreichend in Deutsch nichts, worüber man sich aufregen müsste.“

Ich gab ihr einen Kuss. „War das

Mädchen sehr krank?“, wollte ich wissen.

„Sehr.“

Den Nachmittag über bewegte ich mich leiser als sonst durch die Wohnung. Außerdem stellte ich meine Musik auf Zimmerlautstärke und machte meine Hausaufgaben so sorgfältig wie lange nicht mehr. Mama war richtig glücklich, als ich sie ihr zeigte. Und ich war glücklich, weil sie wieder lächelte.

Bevor meine Mutter zur Nachtwache verschwand, kam sie wie immer in mein Zimmer. „Lies nicht mehr so lange“, sagte sie. Ich nickte.

„Bis morgen“, sagte sie und gab mir einen Kuss.

Kaum war die Wohnungstür ins

Schloss gefallen, machte ich mich fertig. Zehn Minuten später stand ich vor dem Haus des Kommissars und klingelte. Wie am Abend zuvor schloss mich unser Hausmeister nur widerwillig im Schulgebäude ein.

Entweder hatte er Angst um seine Stelle, oder es steckte wirklich etwas anderes dahinter.

Ich suchte mir einen Platz an einem Fenster im Erdgeschoss, von dem aus ich das Haus des Kommissars, den Pausenhof und das Eingangsportal der Schule im Blick hatte. Sobald etwas Ungewöhnliches passierte, würde ich es von hier aus mitbekommen.

Punkt zehn, inzwischen war es ganz dunkel geworden, hörte ich Geräusche aus dem Stockwerk über mir. Mit einem Blick aus dem Fenster überzeugte ich mich, dass beim Kommissar alles ruhig war. Wenn ich mich nicht täuschte, saß er mit seiner Frau im Wohnzimmer vor dem Fernseher. Also los! Ich griff nach meinem Rucksack und schlich vorsichtig zur Treppe. Ohne mich durch ein Knarren oder Quietschen zu verraten, erreichte ich die Tür des Lehrerzimmers.

Die Geräusche kamen eindeutig von dort. Das Flüstern, Klopfen und Hin- und Herlaufen klangen tatsächlich ein bisschen wie Geisterspuk. Unter der Tür drang blasses Licht hervor. Wahrscheinlich arbeiteten sie da drinnen mit Taschenlampen.

Was sollte ich tun? Einfach hineingehen? Warten, bis sie herauskamen? Sollte ich zum Kommissar hinüberlaufen und von dort aus die Polizei anrufen? All das gefiel mir nicht. Nichts davon war die Idee

eines Detektivs, der etwas auf sich hielt. Außerdem war ich mir, ich geb's zu, nicht mehr so sicher, ob das da drinnen nicht in Wirklichkeit doch Gespenster waren. Obwohl ich von meinem Beobachtungsposten aus alles im Blick gehabt hatte, hatte ich nicht gemerkt, wie sie hereingekommen waren. Konnten sie vielleicht durch Wände gehen?

Alle Fenster, die ich auf meinem Weg durch die Schule überprüfte, waren verschlossen. Wenn die Wesen, die ich nach wie vor im Stockwerk über mir herumlaufen hörte, nicht durch die Fenster des Lehrerzimmers eingestiegen waren, blieb nur noch eine Möglichkeit: der Fahrradkeller.

So schnell es die Dunkelheit zuließ, lief ich hinunter. Und tatsächlich: Die Tür stand wie am Vorabend offen. Hier also waren sie hereingekommen.

Ich griff in meinen Rucksack und nahm das letzte Carpenter's aus dem Päckchen. Kaum spürte ich den unvergleichlichen Geschmack auf der Zunge, wurde mein Atem ruhiger und mein Hirn begann, die Puzzleteile zusammenzusetzen. Gespenster oder Geister drangen nicht durch einen Fahrradkeller in ein Gebäude ein. Das hatten sie nicht nötig. Demnach waren das da oben, wer auch immer sie sein mochten, ganz normale Menschen. Ich brauchte einfach nur hier unten sitzen zu bleiben und zu warten, bis sie nach

K

Hause wollten. Dann würde ich ihnen folgen und wissen, wer sie waren.

In diesem Augenblick hörte ich hinter mir ein Geräusch. Es klang, als ob jemand eine Zigarette auf dem Boden austreten würde. Ich drehte mich um – und schluckte zum ersten Mal in meinem Leben einen Kaugummi herunter. Denn auf der Treppe, die ins Schulgebäude hinaufführte, stand ein Gespenst!

Ein echtes Gespenst!

Ich hatte mir fest vorgenommen, meine Taschenlampe auf keinen Fall zu benutzen. Aber jetzt glitt meine Hand wie von selbst in meinen Rucksack, holte die Taschenlampe heraus und knipste sie an. Kein Zweifel: Vor mir stand ein rosarotes Gespenst. Unter seinem Gewand waren quietschgelbe Turnschuhe zu sehen.

Gespenster tragen doch keine

Turnschuhe, ging es mir durch den Kopf. Da drehte sich das Wesen auch schon um und flüchtete die Treppen hinauf. Keine Ahnung, was in diesem Moment in mich fuhr. Jedenfalls rannte ich hinterher. Vielleicht waren es die gelben Turnschuhe, die im Schein meiner Taschenlampe leuchteten.

Vor Gespenstern mit gelben Turnschuhen kann man sich irgendwie nicht richtig fürchten. Oder?

Das rosarote Gespenst war nicht besonders schnell, mit jedem Schritt holte ich auf. Das Jagdfieber hatte mich gepackt, selbst der kleinste Rest von Angst war verschwunden. In meinem Kopf drehte sich alles um die eine Frage: Wer um alles in der Welt versteckte sich unter dem Laken? Wäre es tatsächlich ein klappriges Skelett mit dem Schädel unter dem Arm gewesen, hätte es sich anders bewegt. Das Wesen dort vor mir war eindeutig ein Mensch.

In der Nähe des Lehrerzimmers hatte sich der Abstand zwischen uns auf weniger als einen Meter verkürzt. Das war meine Chance. Mit einem Hechtsprung stürzte ich mich auf das Gespenst und erwischte es gerade noch an einem Zipfel des rosaroten Lakens. Das Wesen vor mir strauchelte, fuchtelte wild mit den Armen und stürzte dann zusammen mit mir auf den harten Boden. Dabei fiel meine Taschenlampe hin. Ich hörte Glas splittern – dann war es finster.

Wer mich kennt, weiß, dass ich Gewalt hasse. Wenn möglich, versuche ich, alle Probleme friedlich zu lösen. Doch jetzt, in dieser fast vollkommenen Dunkelheit, zählte das nicht mehr. Vielleicht wollten wir beide ja gar nicht kämpfen, wollten uns nur irgendwie voneinander befreien. Aber da war das Laken, das plötzlich überall zu sein schien. Nach und nach verhedderten wir uns so heillos in dem Tuch, dass wir verbissen um uns zu schlagen begannen. Mal traf ich auf etwas Weiches, das sich wie eine Backe anfühlte, dann wieder auf etwas Hartes, das eine Kniescheibe hätte sein können. Gleichzeitig erhielt ich einen krachenden Faustschlag aufs Auge und einen Hieb in die Magengrube, der mir die Luft nahm.

Plötzlich ging die Tür des Lehrerzimmers auf und drei oder vier Gestalten kamen herausgerannt. Bevor ich reagieren konnte, befreite sich das Gespenst aus meinem Griff und humpelte hinter seinen Komplizen her. Ich wusste genau, wo sie hinwollten: in den Fahrradkeller und von dort aus nach draußen.

Obwohl ich sie eigentlich hätte verfolgen müssen, verzichtete ich darauf.

Nach der wilden Prügelei wäre sowieso nichts dabei herausgekommen. Aber wenigstens hatte ich ein Beweisstück. Beim Kampf hatte ich einen Fetzen des rosaroten Lakens abgerissen. Dieses

Stück Stoff würde mich garantiert zu dem angeblichen Gespenst führen.

Mühsam rappelte ich mich hoch und warf einen Blick ins Lehrerzimmer. Im matten Licht der Straßenlaternen war nichts Besonderes zu entdecken.

Auf dem großen Tisch in der Mitte des Raums lagen Bücher und Hefte, unter den Fensterbänken Geräte für den Sportunterricht. In der Spüle standen leere Tassen und ein paar Sektgläser. Es sah nicht so aus, als ob die Leute, die vor mir davongelaufen waren, hier gewesen waren, um etwas zu stehlen. Aber was, heiliger Kalle Blomquist, hatten sie dann gewollt?

Ich verließ das Schulgebäude ebenfalls durch den Fahrradkeller und lief zum Haus des Kommissars hinüber. Er saß noch immer mit seiner Frau vor dem Fernseher. Als er mir öffnete, erschrak er.

„Was ist passiert?“, rief er und deutete auf mein Auge. Ich spürte, wie es langsam zuschwoll.

„Ich hab mich mit dem Gespenst geprügelt“, antwortete ich und erzählte ihm in knappen Worten, was ich erlebt hatte.

„Also kein Spuk“, murmelte er.

„Kein Spuk.“

„Echte Menschen“, fuhr er fort.

„Mit gelben Turnschuhen“, fügte ich hinzu.

„Und wie geht es weiter?“, fragte er.

„Ich hab da schon einen Plan“, sagte ich und machte mich auf den Weg nach Hause.

In der Nacht schlief ich wie ein Stein. Ich hörte den Wecker nicht, verpasste die Rückkehr meiner Mutter und wurde nicht einmal wach, als sie das Fenster aufriss. Erst ihr Schreckensschrei ließ mich hochfahren.

„Was ist mit deinem Auge passiert?“, rief sie.

„Mit meinem Auge?“, murmelte ich. Ich war noch so müde, dass ich keine Idee hatte, was sie meinte.

„Wir müssen sofort zum Arzt!“, rief sie und zog mir die Decke weg.

In diesem Moment erinnerte ich mich wieder an die vergangene Nacht. „Kein Problem, Mama“, sagte ich. „Ich hab mich bloß gestoßen. An der Klotür, weißt du.“

Irgendwie schaffte ich es, sie davon abzubringen, mit mir zum Augenarzt zu fahren. Für solche überflüssigen Scherze hatte ich jetzt wirklich keine Zeit. An diesem Tag würde ich den Fall lösen, das spürte ich bis in die Zehenspitzen. Aber dafür musste ich in die Schule – und zwar möglichst schnell.

Inzwischen war das Auge fast ganz zugeschwollen. Nur durch einen kleinen Spalt konnte ich noch etwas erkennen. Doch das war mir egal. Solange mein zweites Auge funktionierte, fühlte ich mich bei meinen Ermittlungen nicht behindert.

In der Schule machten natürlich alle Witze über mein Veilchen. Einer war dümmer als der andere. Mich störte das nicht. Denn gleich in der ersten Stunde hatte ich etwas entdeckt. Und das war so unwahrscheinlich, so völlig undenkbar, dass mir für einen Moment glatt die Luft wegblieb.

Herr Konzelmann, unser Klassenlehrer, hinkte nämlich. Und nicht nur das. Er hatte außerdem an der

linken Backe einen tiefen Kratzer, der ganz und gar nicht so aussah, als hätte er sich beim Rasieren geschnitten. Stammte der Kratzer etwa von mir? War Herr Konzelmann das rosarote Gespenst?

War das überhaupt denkbar bei einem Menschen, der so streng war, dass wir uns alle ein bisschen vor ihm fürchteten?

Spukte jemand nachts in der Schule, der zum Lachen aufs Klo ging? In den beiden großen Pausen schaute ich mir jeden unserer Lehrer ganz genau an. Niemand außer Herrn Konzelmann hinkte.

Niemand hatte eine krumme Nase, ein blaues Auge oder sonst eine Verletzung.

Herr Konzelmann war und blieb mein einziger Verdächtiger.

Nach der sechsten Stunde ließ ich Mittagessen Mittagessen sein und folgte ihm.

Er wohnt nicht weit weg von der Schule und ging wie üblich zu Fuß.

Sicherheitshalber lief ich mindestens fünfzig Meter hinter ihm, doch der Herr drehte sich nicht ein einziges Mal um.

Bei sich zu Hause angekommen, schloss er auf, holte die Post aus dem Briefkasten und verschwand im Inneren des Bungalows.

Ich wartete ein paar Minuten und schlich mich dann näher heran. Vor dem Haus war nichts Verdächtiges zu entdecken. Doch auf der Wiese hinter dem Bungalow trocknete an langen Leinen Wäsche. Die interessierte mich, die interessierte mich sogar sehr.

Ich zwängte mich zwischen mannshohen Büschen hindurch und sprintete dann zu einer Kiefer, deren Zweige mir ausreichend Schutz boten. An den Wäscheleinen flatterten Hosen, Hemden und Bettlaken im Wind. Und eines der Bettlaken war rosarot. Ich hatte es geahnt. Gebückt rannte ich hin, um es genauer zu untersuchen. Was ich entdeckte, wunderte mich nun überhaupt nicht mehr: Ein Stück des Lakens war abgerissen! Unwillkürlich musste ich grinsen. Nicht in meinen verrücktesten Träumen hätte ich mir vorstellen können, einmal Herrn Konzelmann als Gespenst zu überführen.

In diesem Moment hörte ich hinter mir eine wütende Männerstimme.

Vor mir stand Herr Konzelmann. Seine Brille saß ihm schief auf der Nase, die Haare standen ihm wirr um den Kopf.

„Was fällt dir ein, Junge?“, schnauzte er mich an. „Du kannst doch nicht einfach hier hereinspazieren! Wenn das jeder machen würde!“

Ich holte tief Luft. Herr Konzelmann

war immer noch mein Lehrer. Er schrieb „Gerade noch ausreichend“ unter meine Klassenarbeiten und konnte es immer wieder tun.

„Sie spuken“, sagte ich.

Er starrte mich an, als hätte ich mich in eine Kuh mit zwei Köpfen verwandelt. „Wie-wie-wie bitte?“, stotterte er.

„Sie spuken“, wiederholte ich mit fester Stimme. Dann zeigte ich auf seine quietschgelben Turnschuhe. „Die haben Sie letzte Nacht angehabt.“

Ich holte den Stofffetzen, den ich ihm abgerissen hatte, aus der Hosentasche und hielt ihn an das rosarote Bettlaken. Er passte haargenau. „Und das Tuch hier haben Sie sich übergezogen.“

Herr Konzelmann schien von einem

Moment zum anderen um einige Zentimeter zu schrumpfen. Er setzte seine Brille ab und massierte sich die Schläfen. Endlich sagte er: „Komm ins Haus, Junge. Ich glaube, ich habe dir einiges zu erzählen.“

Auf diese Weise erfuhr ich eine Geschichte, die so unglaublich klang, dass sie einfach wahr sein musste.

Das Ganze hatte damit begonnen, dass die Lehrer beschlossen hatten, dem von allen geschätzten Herrn Komissarek zu seinem 50. Geburtstag eine besondere Überraschung zu bereiten. Die Klassenzimmer und die Flure sollten geschmückt und als Höhepunkt eine lebensgroße Gipsfigur

des Kommissars in einer Ecke des Schulhofs aufgestellt werden. Nun hatte aber niemand Lust, Girlanden, Bilder, Fahnen und die Gipsfigur bei sich zu Hause basteln zu lassen.

Da erinnerten sich die Herrschaften an einen Lehrerausflug, auf dem sich der sonst so bärenstarke Kommissar als außerordentlich schreckhaft entpuppt hatte. Eine der Lehrerinnen war im Nachthemd durchs Hotel gelaufen. Der Kommissar, der ihr zufällig auf dem Flur begegnet war, war daraufhin schreiend in sein Zimmer gerannt. Noch am nächsten Tag war er kaum davon zu überzeugen, dass er kein Gespenst gesehen hatte, sondern Frau Meier-Walterscheid, die sich eine Flasche Sprudel hatte holen wollen. An dieser Stelle unterbrach ich Herrn Konzelmann. „Und da haben Sie beschlossen, die Vorbereitungen für den Geburtstag in die Schule zu verlegen.“

Mein Klassenlehrer nickte. „Wir haben uns immer mittwochs und donnerstags zwischen zehn und Mitternacht getroffen. Glaub mir, wir haben viel Spaß gehabt."

Ich dachte an die Sektflaschen und die Gläser, die ich bei meinen Kontrollgängen entdeckt hatte. „Und Sie spielten das Gespenst", fuhr ich fort.

Wieder nickte er. „Manchmal mussten wir die Gipsfigur oder andere Sachen quer durchs Gebäude transportieren. Da bin ich mit dem Laken über dem Kopf vor meinen Kolleginnen hergelaufen. Bis gestern hat das wunderbar funktioniert. Herr Komissarek hat sich mittwoch- und

donnerstagabends nicht mehr in die Schule getraut. Wir konnten ja nicht ahnen, dass er einen Detektiv um Hilfe bitten würde."

Er tastete über seine Backe. „Du hast übrigens ganz schön zugelangt."

Ich tippte auf mein Auge. Es tat höllisch weh. „Sie aber auch, Herr Konzelmann."

Nachdem wir eine Weile geschwiegen hatten, fragte er: „Wirst du uns verpfeifen?"

Ich brauchte nicht lange nachzudenken. „Natürlich nicht“, antwortete ich.

„Wann ist eigentlich der Geburtstag?“

„Morgen“, antwortete Herr Konzelmann.

„Und? Sind Sie mit den Vorbereitungen fertig?“, wollte ich wissen.

„Ja. Heute Nacht schmücken wir alles.“ Er zeigte nach draußen, wo die Wäsche im Wind flatterte. „Ich werde wohl noch einmal das Gespenst spielen müssen“, sagte er und seufzte.

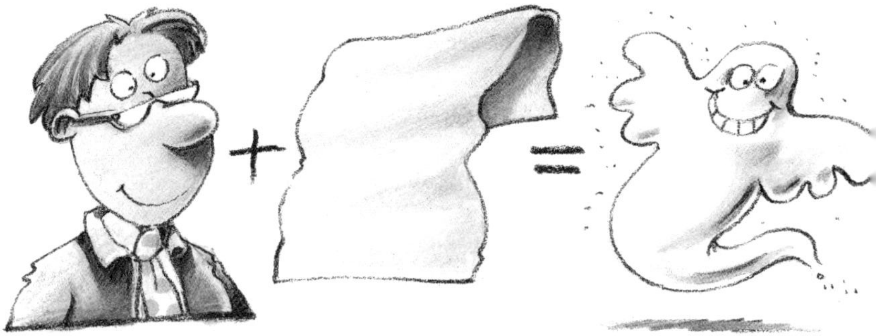

„Tun Sie das, Herr Konzelmann. Von mir haben Sie nichts zu befürchten.“

Als er mich zur Tür brachte, drückte er mir fünf Euro in die Hand. „Vielen Dank für deine Verschwiegenheit“, sagte er. „Kauf dir was Schönes davon.“

„Carpenter’s“, sagte ich.

„Wie bitte?“

„Ich kaufe mir Carpenter’s Kaugummis. Es sind die besten. Sollten Sie auch mal probieren. Sie kriegen sie an Olgas Kiosk.“

Der Geburtstag wurde ein rauschendes Fest. Der Kommissar war von dem Trubel total überrascht und kam aus dem Händeschütteln gar nicht mehr heraus. Unterricht fand in den ersten beiden Stunden natürlich nicht statt. Uns war das sehr recht.

Nachdem unsere Rektorin eine wunderschöne Rede gehalten und der

Lehrerchor dem Kommissar ein selbst gedichtetes Ständchen gebracht hatte, nahm mich unser Hausmeister beiseite. In seinen Augen schimmerten Tränen, so sehr freute er sich über das Fest zu seinen Ehren. „Vergangene Nacht hat

es wieder gespukt“, flüsterte er. „Diesmal war es ein echtes Gespenst, glaub mir. Weiß wie die Wand und mit schwarzen Augenhöhlen. Zum Fürchten, sag ich dir.“

Ich legte ihm die Hand auf den Arm. „Das war das letzte Mal“, sagte ich.

„Bist du sicher, Kwiatkowski?“

„Hundertmillionenprozentig“, antwortete ich.

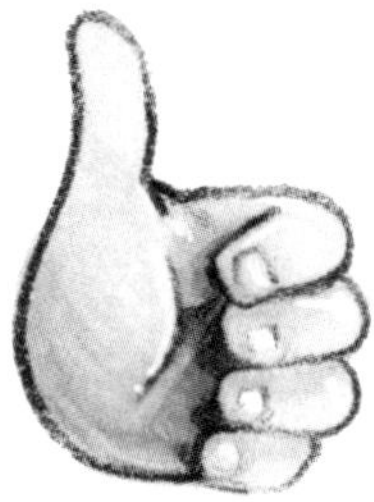

„Aber wieso?“

„Berufsgeheimnis.“

Der Kommissar griff in die Hosentasche und nahm fünf Päckchen Carpenter’s heraus.

„Dein Honorar“, sagte er. „Aber ich kriege jeden Cent zurück, wenn das Gespenst noch mal auftaucht.“

„Abgemacht“, sagte ich.

Am Mittag nach dem großen Fest ging ich bei Olga vorbei. Ich kam nicht sofort dran, vor mir war Herr Konzelmann an der Reihe. Er kaufte ein Päckchen

Carpenter's. „Zum Probieren", sagte er und zwinkerte mir zu.

„Ein netter Mann", sagte Olga, als Herr Konzelmann um die nächste Straßenecke verschwunden war.

„Nett? Ich weiß nicht."

„Was hast du gegen ihn?", wollte sie wissen, während sie ein Glas Limo vor mich hinstellte.

„Na ja, er ist mein Klassenlehrer", antwortete ich und nahm einen großen Schluck. „Außerdem hat er mir vorletzte Nacht das Auge blau geschlagen."

Dann erzählte ich ihr, wie ich den Fall mit dem rosaroten Schulgespenst aufgeklärt hatte. Während ich redete, brach Olga immer wieder in lautes Lachen aus.

„Also doch ein netter Mann“, sagte sie, als ich schwieg. „Ein Lehrer, der sich als Gespenst verkleidet, kann kein schlechter Mensch sein.“

Was sollte ich dazu sagen? Wo Olga recht hat, hat sie recht!

Jürgen Banscherus

Ein Fall für Kwiatkowski

Die kürzeste Entführung der Welt

Kwiatkowski kann es kaum glauben: Das Chemie-Genie Marie steckt in Schwierigkeiten und braucht seine Hilfe! Natürlich zögert er keine Sekunde und startet seine Ermittlungen. Als vor seinen Augen eine Blitz-Entführung stattfindet und Marie plötzlich mit einem Erpresserbrief in der Hand dasteht, wird die Sache so richtig spannend.

96 Seiten • Gebunden • ISBN 978-3-401-60662-0 • www.arena-verlag.de